AF369940

RUE DE LA LUNE,

VAUDEVILLE EN UN ACTE,

PAR MM. VARIN ET BOYER.

Représenté pour la première fois, à Paris, sur le théâtre du Palais-Royal,
le 14 févirer 1843.

DISTRIBUTION DE LA PIÈCE.

CHEVILLARD, chanteur de romances......................... M. RAVEL.
ZÉNOBIE, sa femme .... Mlle ALINE DUVAL.
CHAUDOREILLE, rentier...................................... M. SAINVILLE.
Mme CHAUDOREILLE, sa femme........................... Mme RAVEL.
ANTOINETTE, bonne chez Chaudoreille....................... Mlle DEBEER.
LÉON, journaliste... M. BERGER.

La scène est à Paris, chez Chaudoreille, boulevart Bonne-Nouvelle, 49.

Un salon bourgeois. Porte au fond. Deux portes à gauche de l'acteur. Une à droite. Une table à gauche, fauteuils, chaises, etc., etc.

SCÈNE I.

ANTOINETTE, puis LÉON.

ANTOINETTE, essuyant les meubles.

Bah ! je suis trop bête d'essuyer les meubles. Quand on est pour sortir d'une maison, faut pas se donner tant de peine.

LÉON, au fond.

Antoinette?... es-tu seule?

ANTOINETTE.

Ah !... M. Léon !

LÉON.

Eh bien !... est-elle revenue ?

ANTOINETTE.

Oui ?... d'hier au soir.

LÉON.

Eh ! maintenant où est-elle ?

ANTOINETTE.

A déjeûner avec son mari...

LÉON.

Enfin, elle est ici ?...

ANTOINETTE.

Vous en êtes donc bien amoureux ?

LÉON.

Elle est si belle femme !

ANTOINETTE.

Belle... oui!... mais un peu forte !

LÉON.

J'aime les fortes femmes..... Et quinze jours d'absence, c'est bien long !

ANTOINETTE.

Pour vous, c'est possible !... Mais pas pour monsieur ni pour moi !... Avec ça, qu'elle a commencé par me mettre à la porte...

LÉON.

Ton congé ! et pourquoi ?

ANTOINETTE.

Ah ! pourquoi? Parce que son mari, M. Chaudoreille est un vieux désordonné... Et hier, en arrivant, elle l'a surpris qui m'agaçait.

LÉON.

Tu te laisses donc agacer... Tiens! si j'avais su.....

ANTOINETTE.

Mais du tout... Madame a cru des choses qui ne sont pas... et monsieur a eu beau faire, j'ai reçu mon compte.

LÉON.

Diable !... J'en suis fâché '... Je m'entendais si bien avec toi !... Et ce matin, je voulais te prier de lui remettre ce billet.

* Antoinette, Léon.

ANTOINETTE.

A monsieur ?

LÉON.

Non... à madame.

ANTOINETTE.

Oh ! pas de ça... Remettez-le vous-même.

LÉON.

Mais Antoinette... Je n'oserai jamais...

ANTOINETTE.

Vous, monsieur Léon !... Un journaliste ! un homme de lettres !

LÉON.

C'est pour ça que j'en écris !... Ta maîtresse m'intimide... Ah ! si c'était une grisette, une vertu facile, toi par exemple !...

ANTOINETTE.

Merci !

LÉON.

Mais une femme mariée !... Une femme honnête !

ANTOINETTE.

Oh !... Enfin, c'est égal...

LÉON.

AIR : J'en guette, etc.

Je connais plus d'une Lorette !
Et de leur cœur le chemin m'est connu !
Je connais l'art de leur conter fleurette,
Mais pas celui d'attaquer la vertu.
A son égard je suis dans l'ignorance.

ANTOINETTE.

Allez toujours, monsieur, ne craignez rien,
Plus d'une vertu, si vous y regardez bien
S'ra peut-être de votr' connaissance !

LÉON.

C'est possible... Et si tu voulais me servir...

ANTOINETTE.

Monsieur Chaudoreille le mériterait bien...

LÉON.

Remets ce billet à sa femme, et puisqu'elle te renvoie, je te donnerai une place.

ANTOINETTE.

Dans votre cœur, peut-être ?...

LÉON.

Celle-là ne compte pas... Ici même, dans la maison, au second étage...

ANTOINETTE.

Au second ?... Mais nous y sommes !...

LÉON.

C'est juste ! au troisième ! Je confonds toujours... Depuis que le boulevart Bonne-Nouvelle a été baissé de je ne sais combien de mètres, tous les étages ont obtenu de l'avancement.

ANTOINETTE.

La cave est devenue le rez-de-chaussée.

LÉON.

Et le corps-de-garde est au premier... On ne demande qu'à s'élever aujourd'hui... et tu feras comme les autres... Du reste, une excellente place... Chez une dame seule , Mᵐᵉ Zénobie , la giletière.

ANTOINETTE.

Vous la connaissez ?...

LÉON.

C'est elle qui me fait mes gilets.

ANTOINETTE.

Et puis elle est gentille ?

LÉON.

Rieuse... très rieuse ! Vous serez bien ensemble ! Prends mon billet !

ANTOINETTE, le prenant et à part.

Au fait, prenons toujours, sauf à ne pas le remettre.

Mᵐᵉ CHAUDOREILLE, dans la coulisse.

Non, monsieur ! non ! ça ne sera pas...

LÉON.

C'est ta maîtresse ! Adieu ! je monte chez la giletière !

ANTOINETTE.

Prenez le petit escalier... vous y serez plus vite.

LÉON.

Tu as raison.

(Il sort par la porte à droite qu'il ne referme pas.)

SCÈNE II.

ANTOINETTE, M. ET Mᵐᵉ CHAUDOREILLE.

Mᵐᵉ CHAUDOREILLE, sortant de la deuxième porte à gauche.

Oui, monsieur, je le veux ainsi, les convenances l'exigent.

CHAUDOREILLE, en robe de chambre.

Mais, ma femme, c'est du despotisme oriental ! Tu singes les tyrans les plus renommés*...

Mᵐᵉ CHAUDOREILLE.

Je veux qu'Antoinette sorte aujourd'hui même, je lui paierai la huitaine.

ANTOINETTE, s'avançant.

Oh ! soyez tranquille, madame... Je ne tiens pas à rester.

Mᵐᵉ CHAUDOREILLE.

Vous étiez là ?... A la bonne heure !

ANTOINETTE.

Dieu merci !... en fait de places, je n'ai qu'à choisir... On vient déjà de m'en proposer une...

Mᵐᵉ CHAUDOREILLE.

Prenez-la... ça m'arrange... Allez vous préparer, et délivrez-moi de votre présence.

ANTOINETTE, à part.

Fait-elle sa renchérie !... Bégueule, va !...

(Elle sort par la deuxième porte à gauche.*)

CHAUDOREILLE.

Encore une victime de ton implacable jalousie, Eglantine !...

* Chaudoreille, madame Chaudoreille, Antoinette.
* Chaudoreille, madame Chaudoreille.

Mᵐᵉ CHAUDOREILLE.

Moi! jalouse de vous!... Vous êtes un gros vain !

CHAUDOREILLE.

Il n'en est pas moins vrai que depuis sept de mariage, c'est la quarante-huitième que tu ex pulses.

Mᵐᵉ CHAUDOREILLE.

Et à qui la faute? homme sans élévation, qui ne rougissez pas de vous commettre avec ces créatures !

CHAUDOREILLE.

Mais je n'ai rien commis... presque rien.

Mᵐᵉ CHAUDOREILLE.

Ce n'est pas mon premier mari qui m'eût donné de ces chagrins là.

CHAUDOREILLE.

Toujours son premier mari... Eglantine, calme-toi... Je t'achèterai une robe.

Mᵐᵉ CHAUDOREILLE.

Et en mon absence, Dieu sait la conduite que vous avez tenue !

CHAUDOREILLE.

Est-ce que je m'informe de la tienne? Je sais que tu étais à Lyon, ça me suffit !... Tu t'amusais à recueillir la succession d'une tante... je n'en suis pas jaloux... Au contraire, je t'engage à pratiquer ce divertissement.

Mᵐᵉ CHAUDOREILLE.

Vous croyez que c'est bien récréatif !... Des affaires qui n'en finissent pas!... Un cousin, un M. Chevillard qui est absent et qu'il faut attendre, sans parler des ennuis du voyage... Une femme seule... exposée à toutes les tentatives... Ah ! monsieur... rendez grâce à mes principes... Car enfin, je suis jeune, jolie, aimable, spirituelle...

CHAUDOREILLE.

Tu es tout cela?

Mᵐᵉ CHAUDOREILLE.

Vous en doutez?

CHAUDOREILLE.

Je ne doute pas... J'affirme... Tu es tout cela!... J'affirme.

Mᵐᵉ CHAUDOREILLE.

Et ce n'est pas l'occasion qui m'a manqué.... Rien qu'à mon retour, dans le coupé de la diligence, il y avait un jeune homme...

CHAUDOREILLE.

Oh! oh!

Mᵐᵉ CHAUDOREILLE.

Fort tendre... fort pressant !...

CHAUDOREILLE.

Oh! oh!

Mᵐᵉ CHAUDOREILLE.

Rassurez-vous... L'honneur, le devoir, les convenances... Et puis, il ne me plaisait pas... Aussi je ne pensais qu'à vous... qu'à notre enfant.. Vous m'avez écrit qu'il arrivait aujourd'hui...

CHAUDOREILLE.

En effet... Lolo revient en ce jour... Sa nourrice nous le ramène.

Mᵐᵉ CHAUDOREILLE.

Cher enfant ! c'est toute ma joie... toute mon espérance !...

CHAUDOREILLE.

Il a deux ans, et il marche tout seul; voilà pour le présent !... Plus tard, je lui ferai monter ma garde, voilà pour l'avenir !...

Mᵐᵉ CHAUDOREILLE.

Il arrive, et nous sommes sans domestique ! Un enfant de plus, et une bonne de moins...

CHAUDOREILLE.

Si tu reprenais Antoinette?...

Mᵐᵉ CHAUDOREILLE.

Vous osez encore !... Jamais, monsieur, jamais ! J'en trouverai une autre... je cours chez toutes mes connaissances.

CHAUDOREILLE.

Cours, Eglantine !

Mᵐᵉ CHAUDOREILLE.

Ah! Chaudoreille !... ce n'est pas mon premier mari...

CHAUDOREILLE.

Puisque je vais t'acheter une robe...

ENSEMBLE.

AIR des Puritains.

Mᵐᵉ CHAUDOREILLE.

Oui, songez-y...
J'ai, jusqu'ici,
Usé de patience !
Mais, plus d'offense,
Ou, quelque jour,
Je me venge à mon tour !

CHAUDOREILLE.

Ah! quel ennui !
Et quel souci
Me cause sa présence !...
Mais la prudence
Veut qu'en ce jour
Je feigne un peu d'amour.

Mᵐᵉ CHAUDOREILLE.

Je sens mon caractère
S'aigrir à chaque instant !

CHAUDOREILLE.

Une robe légère
Calmera ton tourment!

REPRISE DE L'ENSEMBLE.

Oui, songez-y etc.

(Mᵐᵉ Chaudoreille sort par le fond.)

SCÈNE III.

CHAUDOREILLE, seul.

Pauvre femme ! je l'abuse à dire d'experts. Elle me croit épris d'Antoinette, et je la berce dans cette croyance erronée... Non, ce n'est point aux pieds d'une cuisinière que je prodigue mon encens !... L'amour n'aime point à descendre : celle que j'adore est au-dessus de moi... au troisième, un étage plus haut : Mme Zénobie... l'entrepreneuse de gilets... Cette profession me semble jolie pour une femme !... L'autre jour, nous montions l'escalier ensemble... elle devant, moi derrière... Sa jambe, légèrement décolletée, fit éclore en moi ce raisonnement : Puisque cette dame a la jambe bien tournée, je dois avoir besoin de gilets... Et j'allai chez elle sous ce prétexte.

> AIR : Et ma chaumière et mon troupeau.

> Déguisant ma flamme amoureuse,
> Je commandai ce vêtement :
> Sa main légère et chatouilleuse
> Me prit mesure en frémissant.
> Sans lui causer aucun ombrage,
> Je lui fais faire des gilets,
> Et je couvre avec son ouvrage
> Et ma poitrine et mes projets.

Elle se fait appeler Mme Zénobie... ce nom m'est suspect... Depuis six mois que j'habite ici, sous la même tuile, je n'ai aperçu aucun mari... je n'ai vu qu'une robe de chambre... celle-ci, qu'elle m'a vendue dans un moment de gêne... et que j'ai fait élargir... Mais de qui vient cette robe de chambre ?... Voilà le problème.... Je la suppose à la fois veuve et demoiselle... Encore une profession que je trouve jolie pour une femme !... En l'absence de la mienne, je lui portais tous les jours des fleurs... et, à force de soins, de persévérance, j'ai déjà obtenu d'elle... deux gilets... fort chers ! mais, en revanche, beaucoup trop étroits... N'importe ! continuons à nous faire gileter par elle, et courons acheter une robe à Eglantine.

SCÈNE IV.

CHAUDOREILLE, ZÉNOBIE. *

ZÉNOBIE, entrant par le fond.
Ah ! monsieur Chaudoreille !...

CHAUDOREILLE.
Quoi ! c'est vous, charmante giletière !... Est-ce moi qui ai le bonheur de vous attirer en ces lieux ?...

* Zénobie. Chaudoreille.

ZÉNOBIE.
Vous !... par exemple !...

CHAUDOREILLE.
Et pourquoi pas ?... L'aimant attire le fer... Je suis aimant, et vous êtes de fer à mon égard.

ZÉNOBIE.
Voyons... je ne viens pas pour écouter vos bêtises... Je veux parler à Mme Chaudoreille.

CHAUDOREILLE.
A ma femme !...

ZÉNOBIE.
J'ai appris qu'elle était de retour.

CHAUDOREILLE.
Hélas !...

ZÉNOBIE.
Plaignez-vous donc !... une femme charmante !... Ah ! si j'étais à sa place...

CHAUDOREILLE.
Je le voudrais !...

ZÉNOBIE.
Voyez-vous ce papillon !...

CHAUDOREILLE, lui prenant la taille.
Ah ! folle que tu es ! folle que tu es !...

ZÉNOBIE.
Assez, monsieur ! je vous prie de vous tenir dans les bornes...

CHAUDOREILLE.
Quelles bornes ?... Ma borne, à moi, c'est ton cœur, et je m'y tiens...

ZÉNOBIE.
Oh ! que c'est joli !...

CHAUDOREILLE.
Ce soir, je vous monterai un pot de réséda... Vous aimez les fleurs ?...

ZÉNOBIE.
Oui ! mais je n'aime pas toujours la tige qui les porte.

CHAUDOREILLE.
Espiègle !...

ZÉNOBIE.
Et je vous invite à rester dans vos foyers. J'ai déjà trop plaisanté avec vous... On pourrait jaser, et s'il vous arrive encore d'envahir mon domicile, je déménage à l'instant.

CHAUDOREILLE.
Vous quitteriez la maison ?...

ZÉNOBIE.
Je n'y tiens pas ! au contraire... Un appartement où on ne voit pas clair en plein midi !... L'entrée de la maison est sur le boulevard, c'est gentil, mais les fenêtres donnent sur la rue !

CHAUDOREILLE.
Comme les miennes, rue de la Lune. Le soleil s'y montre rarement, peut-être dans la crainte d'y rencontrer son épouse... Je comprends la conduite de ce météore.

ZÉNOBIE.
Et j'aurais donné congé depuis long-temps, sans une personne...

CHAUDOREILLE.

Une personne !...

ZÉNOBIE.

Dont je n'ai pas de nouvelles...

CHAUDOREILLE.

Un homme ?...

ZÉNOBIE.

Ah ! monsieur, il y a des positions bien cruelles pour une âme honnête et sensible !

CHAUDOREILLE.

Femme isolée ! je suis ému !... Acceptez les consolations et les secours délicats d'un ami !

ZÉNOBIE.

Des secours !... Est-ce que j'ai besoin de personne ?... Mais je gagne de l'argent, monsieur !... mais je peux prendre une domestique, monsieur !... Et puisque vous renvoyez Antoinette, je venais m'informer d'elle à Mme Chaudoreille.

ooooooooooooooooooooooooooooooooooooooooooooooooooo

SCÈNE V.

LES MÊMES, ANTOINETTE.*

ANTOINETTE, au fond.

Tiens !...

CHAUDOREILLE, à part.

Antoinette !... Diable !... ceci me contrarie !... (Haut.) A défaut de ma femme, je puis vous renseigner : Antoinette ne vous convient nullement.

ZÉNOBIE.

Et pourquoi donc ?

CHAUDOREILLE.

Elle est curieuse, bavarde, impertinente, et brûle beaucoup de charbon.

ANTOINETTE.

V'là comme il m'arrange !...

CHAUDOREILLE.

Et puis une conduite !... des intrigues avec un petit jeune homme qui vient à la maison.

ANTOINETTE, s'avançant.

C'est faux !... Madame... ne l'écoutez pas !

CHAUDOREILLE, à part.

Elle était là !...

ANTOINETTE.

C'est lui, madame, qui me fait renvoyer... parce qu'il tournaille autour de moi.

CHAUDOREILLE.

Paix ! Antoinette, et allez me chercher mon habit ; j'ai à sortir.

ANTOINETTE.

Et quant au petit jeune homme, si j'étais bavarde !...

CHAUDOREILLE.

Paix ! Antoinette ; je vous ai demandé mon habit... et mon chapeau.

* Antoinette. Zénobie. Chaudoreille.

ANTOINETTE.

On va vous le donner votre habit ! (Elle entre dans la chambre à droite.)

ZÉNOBIE.

Ah ! monsieur, fait le galant avec ses bonnes !

CHAUDOREILLE.

Ne croyez donc pas ça... ne croyez donc pas ça ! (Otant sa robe de chambre.) Pardon, ma belle voisine, si je me dépouille devant vous. (A part.) Je ne suis pas fâché de lui faire voir ma taille.

ANTOINETTE, rentrant avec l'habit.

Le v'là votre habit et votre chapeau... mais je peux bien dire...

ZÉNOBIE.

C'est inutile, Antoinette... je vous connais, et je vous prends tout de même... Quand pourrez-vous venir ?...

ANTOINETTE.

Tout de suite, madame...

ZÉNOBIE.

Non... ce soir... le temps de prévenir Mme Chaudoreille.

ANTOINETTE.

Ah ! c'est égal, monsieur !... c'est indigne ! un ancien comme vous...

CHAUDOREILLE, qui a mis son habit.

Paix ! Antoinette... Et s'il vient quelqu'un, fais-le attendre... Je ne serai pas long-temps...

(Il prend son chapeau sur la table.) *

ENSEMBLE.

AIR : Deux amans ! ô surprise ! (L'Opium.)

ANTOINETTE.

Je ne suis qu'une bonne,
Mais je sais me souv'nir ;
Et jamais je n' pardonne
A qui veut me noircir.

CHAUDOREILLE.

De tes plaintes, fr'ponne,
Cesse de m'étourdir !...
Il n'est ici personne
Qui songe à te noircir.

ZÉNOBIE.

La querelle est bouffonne,
Je dois en convenir !
Du maître ou de la bonne,
Qui faut-il soutenir ?

CHAUDOREILLE, à Antoinette.

Allons, ma chère, sans rancune.

ANTOINETTE.

Non, monsieur, j'en ai sur le cœur.

CHAUDOREILLE, à Zénobie.

Au revoir, ma charmante brune.

ZÉNOBIE.

Adieu, dangereux séducteur.

* Zénobie. Chaudoreille. Antoinette.

REPRISE DE L'ENSEMBLE.

Je ne suis qu'une bonne, etc.

(Chaudorelle et Zénobie sortent par le fond ; Antoinette par la deuxième porte à droite.)

SCÈNE VI.

CHEVILLARD, seul, entrant avec précaution par la porte à gauche.

Personne !... le cœur me bat à casser ma bretelle ! Si j'avais rencontré ma femme, je tombais net, net... Par bonheur, la porte était ouverte... je n'ai pas eu besoin de fourrer la clé dans la serrure, ça fait qu'on ne m'a pas entendu... Respirons un moment !... Me voilà donc chez moi ! à Paris ! rue de la Lune ! dans mon petit appartement du second, après deux ans de l'existence la plus diaprée !... Soyez donc musicien !... ayez donc une voix superbe, avec des *ut* de quasi poitrine !... car j'avais alors dans la voix des notes très élevées !... Malheureusement, j'en avais aussi chez le tailleur, chez le bottier, chez le restaurateur... Pour échapper à cette musique, je mets entre elle et moi la Méditerranée, qui venait d'être inventée tout exprès... je passe à Alger, et j'y donne un concert ! La réunion fut brillante ! tous les lions d'Afrique s'y étaient donné rendez-vous... je chantai plusieurs mélodies... entre autres, l'*Arabe et son coursier*, qui obtint les honneurs du *bis*... Mes affaires devenaient florissantes... je boulottais... la France ne me laissait rien à regretter, et j'allais écrire à ma femme de venir me rejoindre... Mais, hélas ! un jour que je flânais dans la Mitidja, je fus assailli par une tribu de Beni-Zoug – Zoug !..... Que dis-je ? Beni ! maudits Zoug-Zoug... Ils auraient pu me couper la tête, ce qui m'eût contrarié, vu l'habitude que j'ai de ce membre... mais cette tribu n'est point ennemie du bourgeois, et ces braves gens m'offrirent l'hospitalité sous leur tente, après m'avoir roué de coups. Abd-el-Kader était dans leur camp... J'ai vu Abd-el-Kader... On se fait une idée extraordinaire de cet homme-là ! Ce qu'il y a de plus remarquable en lui, c'est qu'il n'est décoré d'aucun ordre... Du reste, un bon enfant... dont on ferait ce qu'on voudrait, si on savait le prendre... Mais on ne sait pas le prendre .. Je chantai en sa présence l'*Arabe et son coursier*... (Chantant.)

> L'or des princes n'a pu suffire
> Pour t'arracher d'auprès de moi.
> Pour t'arracher...

Cette cantilène le toucha vivement, et il daigna m'attacher à sa personne pour allumer sa pipe. Pendant quinze mois j'ai bourré son calumet ! et, quand il avait le dos tourné, je l'appelais Jugur-

tha !... Faible consolation !... Enfin, le ciel qui est fort beau dans ce pays-là, quand il ne pleut pas... le ciel eut pitié de mes souffrances... on fit un échange de prisonniers, et je fus échangé contre un chameau.

AIR de la Colonne.

> Je t'ai revue, ô France, ô ma patrie !
> Mais je reviens un peu désenchanté !
> Si tu savais comme, dans l'Arabie,
> De ton enfant le dos fut maltraité !
> Tu gémirais de cette indignité !
> Oui, même au sein de ma terre natale,
> Je ne suis plus si fier d'être Français,
>> Depuis les affronts qu'on a faits
>> A ma colonne vertébrale !

(Regardant autour de lui.) Diable !... ce séjour me paraît embelli !... Du papier frais, et des meubles qui n'existaient pas sous mon règne !... Voyons plus loin !... (Il va ouvrir la porte à gauche, premier plan.) Un lit superbe !... un canapé, des fauteuils... Où donc Zénobie s'est-elle procuré cet acajou nombreux ?... A mon départ, nous n'avions que des dettes... Il est vrai que je lui ai tout laissé...

SCÈNE VII.

CHEVILLARD, ANTOINETTE. *

ANTOINETTE.

Tiens ! quel est ce monsieur ?

CHEVILLARD.

Quelqu'un !.. ma femme ! Non.. la bonne ! Ma femme a une bonne !... Bonjour, la bonne !

ANTOINETTE.

Il est familier... Par où donc que vous êtes entré, monsieur ?

CHEVILLARD.

Par la porte... elle était ouverte... D'ailleurs, j'avais la clé...

ANTOINETTE.

La clé !

CHEVILLARD.

Tiens ! la voilà... (Il la lui montre.) Va dire à ta maîtresse qu'un petit blond désire la voir à l'instant.

ANTOINETTE.

Un petit blond ! vous êtes brun.

CHEVILLARD.

Je connais ma couleur... Dis-lui un petit blond... je tiens à la surprendre...

ANTOINETTE.

Ah ! c'est que madame est sortie.

CHEVILLARD.

Le portier m'a dit qu'elle était chez elle... Il m'a bien reconnu, lui... le père Fichou. « Elle

* Antoinette, Chevillard.

sera même enchantée de vous revoir, » a-t-il dit en souriant.

ANTOINETTE, à part.

Il connaît madame, il connaît le portier... et il a la clé... Qui que ça peut être?...

CHEVILLARD.

Puisqu'elle n'y est pas, sers-moi à déjeûner.

ANTOINETTE.

A vous, monsieur?...

CHEVILLARD.

A moi seul...

ANTOINETTE.

C'est que je serais bien aise de savoir...

CHEVILLARD.

Ce que je veux?... des côtelettes, de la volaille, ce qu'il y aura...

ANTOINETTE.

Non, monsieur... mais qui que vous êtes.

CHEVILLARD.

Qui je suis?..... (A part.) C'est juste.... elle ne sait pas... (Haut.) Je suis... attendu!... avec impatience, j'aime à le croire ; et, en me voyant, ta maîtresse poussera de joyeuses clameurs...

ANTOINETTE, à part.

Sans doute un parent... Et puis, monsieur m'a dit de faire attendre ceux qui viendraient.

CHEVILLARD.

Mais dépêche-toi donc...

ANTOINETTE.

Voilà, monsieur ; voilà. (A part.) Bah ! je vais lui faire cuire n'importe quoi !

(Elle sort par où elle est entrée.)

SCÈNE VIII.

CHEVILLARD, seul.

Cette fille est ébahie! mais elle est gentille! C'est singulier... malgré mes malheurs, je ne peux pas voir une femme sans penser qu'elle est d'un autre sexe... A Lyon, je rencontre une Parisienne agréable ; nous étions seuls dans le coupé de la diligence, et, ma foi, au moment d'entrer à Paris, je commençais à lui chanter l'*Arabe et son coursier*, lorsque la trompette du conducteur m'interrompit brusquement... nous arrivions dans la cour des messageries... Je me suis esquivé sans lui dire adieu!... elle a dû être horriblemen. vexée!... Tant pis!... Je ne pensais qu'à ma femme. (Il va pour s'asseoir et voit la robe de chambre.) Une robe de chambre! (Il l'examine.) Tiens! c'est la mienne!... oh! j'ai eu un frisson... Je la reconnais, c'est bien la mienne! Ma foi, je vais l'endosser... (Il ôte son habit et parle en mettant sa robe de chambre.) On a beau dire, on n'est bien que chez soi!... Je nage dans cette robe de chambre!... Comme je suis maigri!

SCÈNE IX.

CHEVILLARD, Mme CHAUDOREILLE.[*]

Mme CHAUDOREILLE.

Ah! mon ami! je crois avoir trouvé...

CHEVILLARD, se retournant.

Hein? quoi! Dieu! ma Parisienne du coupé !

Mme CHAUDOREILLE, à part.

Mon jeune homme de la diligence ! en robe de chambre !

CHEVILLARD, à part.

Que vient-elle réclamer ?

Mme CHAUDOREILLE, à part.

Me poursuivre jusque chez moi...

CHEVILLARD.

Madame, je n'ai pas le temps d'être poli... Qu'est-ce qui vous amène?... Parlez.... Est-ce moi, que vous cherchez? Si c'est moi, ça me flatte ; mais ça me désoblige...

Mme CHAUDOREILLE.

Je suis stupéfaite ! et voilà une effronterie...

CHEVILLARD.

Une effronterie?... Je vous trouve charmante !

Mme CHAUDOREILLE.

Laissons là ma figure !

CHEVILLARD.

Je ne vous en parle pas !

Mme CHAUDOREILLE.

Vous êtes un rustre!..... et votre conduite est de la dernière indélicatesse.

CHEVILLARD.

Il est vrai qu'hier je vous ai quittée un peu brusquement, mais quand vous saurez les motifs ..

Mme CHAUDOREILLE.

Je ne veux rien savoir, monsieur... Finissons-en, je vous en prie. (Elle ôte son écharpe.)

CHEVILLARD, à part.

Elle se déshabille !... Voudrait-elle se perpétuer dans mon domicile?... (Haut.) Madame, je n'ai pas le temps d'être poli... Partout ailleurs je vous verrais avec plaisir... Donnez-moi rendez-vous au Champ de Mars... à la Courtille ; je m'y trouverai...

Mme CHAUDOREILLE.

A la Courtille... monsieur, je suis très nerveuse, et si je m'écoutais...

CHEVILLARD, à part.

C'est une intrigante ! (Haut.) Ma chère, je n'ai qu'un mot à vous dire : Je suis marié... Comprenez-vous?... Je suis marié !

Mme CHAUDOREILLE.

Eh ! monsieur, si vous êtes marié, c'est une raison de plus pour me laisser tranquille...

* Chevillard, madame Chaudoreille.

CHEVILLARD.

Mais, sacrebleu ! je vous y laisse... C'est vous qui me poursuivez, qui me traquez... qui me harponnez !... Pour l'amour de Dieu ! ne me forcez pas à vous dire cette phrase malhonnête : Allez-vous-en !

Mᵐᵉ CHAUDOREILLE.

Ah ! ceci est d'une insolence !...

CHEVILLARD.

Je n'ai pas le temps d'être poli... Sortez de chez moi !...

Mᵐᵉ CHAUDOREILLE.

De chez vous !... Dieu ! j'entends quelqu'un...

CHEVILLARD.

Ma femme, peut-être... Disparaissez...

(Il la prend par le bras.)

Mᵐᵉ CHAUDOREILLE, à part.

Si c'était mon mari ! ..

CHEVILLARD.

Disparaissez !... là !... dans cette chambre !.... Mais allez donc !

(Il la pousse dans la chambre à gauche, qu'il ferme à clé.)

* * *

SCÈNE X.

CHEVILLARD, ANTOINETTE.*

ANTOINETTE, à la porte un paquet à la main.

C'est bien, c'est bien,... je le remettrai moi-même...

CHEVILLARD, s'approchant.

Qu'est-ce que c'est que ça ?

ANTOINETTE.

Encore un cadeau pour madame... (A part.) Tiens ! il a pris la robe de chambre...

CHEVILLARD, à part.

Ma femme reçoit des cadeaux !...

ANTOINETTE, qui a ouvert le paquet.

Oh ! que c'est gentil !... c'est du gros de Naples.

CHEVILLARD.

De la soie !... Et qui donc s'amuse à l'habiller de soie ?...

ANTOINETTE.

Qui ?... Pardine ! c'est monsieur...

CHEVILLARD.

Monsieur !... Il y a un monsieur !...

ANTOINETTE.

A cause d'une scène qu'ils ont eue ensemble... Quand madame crie, monsieur lui achète une robe... Elle a une garde-robe très bien montée !

CHEVILLARD, à part.

Mon jarret s'amollit.

(Il tombe dans un fauteuil.)

ANTOINETTE.

Qu'est-ce que vous avez donc ?

* Chevillard, Antoinette.

CHEVILLARD.

Rien ! Et quel est ce monsieur ?...

ANTOINETTE.

Eh bien ! monsieur... Vous ne connaissez pa M. Chaudoreille ?

CHEVILLARD, à part.

Chaudoreille ! un nom vicieux !

ANTOINETTE.

J'ai cru que vous étiez amis intimes ?

CHEVILLARD.

J'en ai peur ! (Se levant, et à part.) Voilà d'où vient l'acajou... Voilà le fournisseur !

ANTOINETTE, qui regarde la robe.

Si j'avais seulement une robe comme ça !

CHEVILLARD.

Donne que je la froisse... que je la déchire... que je la mette en loques...

ANTOINETTE, l'évitant.

Par exemple ! Qu'est-ce qui vous prend ?

CHEVILLARD.

Un Chaudoreille ! un affreux Chaudoreille !... Dis-moi, la bonne.... A quelle heure vient-il ici ordinairement ?...

ANTOINETTE.

Qui ça ?

CHEVILLARD.

Ce monsieur ?...

ANTOINETTE.

A quelle heure ! Il y est toute la journée !

CHEVILLARD.

Et le soir ?

ANTOINETTE.

Le soir aussi... puisqu'il y demeure...

CHEVILLARD.

Ici... avec elle ?...

ANTOINETTE.

Mais dam !

CHEVILLARD, à part.

Sous le même toit !... Voilà le comble ! voilà le comble !... (Haut.) C'est bien ! je vais l'attendre...

ANTOINETTE.

Et votre déjeuner ?

CHEVILLARD.

Ne m'en parle pas !... Si, déjeunons !... J'ai besoin de vivre pour la vengeance !

AIR : Vaudeville de Jadis.

Manger ! voilà, dans sa détresse,
Le seul bien d'un époux trahi !
Loin de consoler sa tristesse,
Chacun se tourne contre lui.
A rire de son aventure,
Quand tout le monde est occupé,
Je ne vois que la nourriture
Qui soutienne un mari trompé.

ANTOINETTE, lui indiquant la salle à manger.

Tenez, monsieur... passez dans la salle à manger !... là !...

CHEVILLARD.

Je sais où elle est, la salle à manger... Je sais mieux que toi où elle est, la salle à manger...

(Il sort par la deuxième porte.)

SCÈNE XI.

ANTOINETTE, puis CHAUDOREILLE.*

ANTOINETTE.

Il me fait peur, cet homme-là !... et personne ne rentre... Ah ! voici monsieur...

CHAUDOREILLE.

Antoinette, on a dû apporter un paquet ?...

ANTOINETTE.

Oui, monsieur... le v'là... Dites donc, monsieur, est-ce que vous attendiez quelqu'un ?

CHAUDOREILLE.

Personne !... Pourquoi m'adresses-tu cette interrogation ?

ANTOINETTE.

C'est qu'il est venu une personne !

CHAUDOREILLE.

Une dame !...

ANTOINETTE.

Non... un monsieur.

CHAUDOREILLE.

Quel est ce monsieur ?

ANTOINETTE.

Un petit brun, qui est entré sans frapper... qui a la clé de la porte.

CHAUDOREILLE.

La clé !...

ANTOINETTE.

Et qui m'a demandé à déjeûner...

CHAUDOREILLE.

Il avait faim !... c'est un voleur !...

ANTOINETTE.

Oh ! je crois que non... Il n'est pas mal mis....

CHAUDOREILLE.

Aujourd'hui, les scélérats se mettent fort bien !

ANTOINETTE.

Il m'a dit qu'il voulait parler à madame.

CHAUDOREILLE.

Et tu l'as mis dehors ?...

ANTOINETTE.

Ma foi, non... J'ai cru que c'était un de vos parens, et il est là qui déjeûne.

CHAUDOREILLE.

Tu le laisses seul avec l'argenterie !...

ANTOINETTE.

Tiens ! c'est vrai !... Vous m'effrayez !...

(Elle va pour sortir.)

* Antoinette, Chaudoreille.

SCÈNE XII.

LES MÊMES, CHEVILLARD. *

CHEVILLARD, à la porte de la salle à manger.

Eh bien ! la bonne... et du vin ? Tu me prends donc pour un canard ?...

CHAUDOREILLE, à part.

Et ma robe de chambre !... il n'est pas gêné !

CHEVILLARD, voyant Chaudoreille, et allant à lui.

Ah ! monsieur désire quelque chose ?... Laissez-nous, la bonne ! *

CHAUDOREILLE.

Non ! non ! elle n'est pas de trop !

CHEVILLARD.

Si fait !... va-t-en !... je déjeûnerai plus tard.

CHAUDOREILLE, à part.

Il la renvoie !...

ANTOINETTE, à part.

Ma foi ! qu'ils s'expliquent !...   (Elle sort.)

CHEVILLARD.

Monsieur, donnez-vous donc la peine de vous asseoir...

(Il lui offre un siége, en prend un et s'asseoit.)

CHAUDOREILLE, s'asseyant, et à part.

Il m'amuserait beaucoup si j'avais moins peur !

CHEVILLARD, à part.

Serait-ce un de mes créanciers qui aurait appris mon retour ?

CHAUDOREILLE.

Monsieur...

CHEVILLARD.

Monsieur...

CHAUDOREILLE, brusquement.

Monsieur !... (A part.) Non, ne le brusquons pas...

CHEVILLARD.

Franchement, monsieur, est-ce qu'en venant ici, vous comptiez m'y trouver ?

CHAUDOREILLE.

Non, non... Je vous avoue que je ne m'attendais pas...

CHEVILLARD.

C'est ce que je me disais... Arrivé de ce matin, personne ne peut encore savoir...

CHAUDOREILLE.

Monsieur vient de voyager ?

CHEVILLARD.

Oui, monsieur, j'ai fait un tour en Afrique.

CHAUDOREILLE.

C'est fort curieux l'Afrique !... Je suis sûr qu'on voit là-bas des choses qu'on ne verrait pas à Paris même en payant.

* Chevillard, Antoinette, Chaudoreille.
* Antoinette, Chevillard, Chaudoreille.

pas mal de votre œuvre légère !... Laissez-moi chanter mon air !

CHAUDOREILLE.

Le mien serait meilleur !

CHEVILLARD.

Avez-vous fini ?

CHAUDOREILLE.

Prenez garde, vous indisposerez le public !

CHEVILLARD.

Mais malheureux, il sera bien plus indisposé si nous le laissons entre deux airs !

CHAUDOREILLE.

Je propose un arrangement !... Chantons tous ensemble un chœur final ni long, ni large !

CHEVILLARD.

Comme vous voudrez !... Messieurs, quand le gros ne sera plus là, je vous chanterai l'*Arabe et et son coursier !*

CHOEUR.

AIR : *Filons tous deux en silence.* (Jonathas.)

Pour éviter tout ombrage,
Pour le repos du ménage,
Ne nous trompons plus d'étage
Et restons chacun chez nous.

FIN DE LA RUE DE LA LUNE.

Paris. — BOULE et Cⁱᵉ, imprimeurs des Corps militaires, de la Gendarmerie départementale, des Contributions directes et du Cadastre, 3 rue Coq-Héron.

CHEVILLARD.

Après ce délai, je flanque ton mobilier par la fenêtre.

CHAUDOREILLE.

Monsieur, j'en suis arrivé au point...

CHEVILLARD.

De quoi?..

CHAUDOREILLE.

D'aller chercher quatre hommes et un caporal...

CHEVILLARD.

Ah! tu veux du scandale? Viens **chez** le commissaire!... C'est une idée!... viens chez le commissaire!

CHAUDOREILLE.

Ça me va... Passez devant.

CHEVILLARD.

Après toi !

CHAUDOREILLE.

Passez...

CHEVILLARD.

Du tout?

CHAUDOREILLE.

Je suis chez moi !

CHEVILLARD.

C'est pas vrai !

SCÈNE XIII.

LES MÊMES, ANTOINETTE. *

ANTOINETTE, accourant.

Monsieur! monsieur !... La nourrice vient d'arriver avec le petit...

CHEVILLARD.

Le petit!

CHAUDOREILLE.

Mon fils !

CHEVILLARD.

Son fils ! Je veux le tuer.

(Il s'élance pour sortir.)

CHAUDOREILLE, l'arrêtant.

Arrête, Cannibale!

CHEVILLARD.

Je veux le tuer !

CHAUDOREILLE.

Antoinette! viens au secours de ton maître.

ENSEMBLE. *

AIR de Bobêche.

CHAUDOREILLE.

Ce scélérat est atteint de folie!
Oui, tous ses traits respirent la fureur.
A le dompter, aide-moi, je t'en prie
Ou bien il va faire quelque malheur !

* Antoinette, Chaudoreille, Chevillard.
* Chaudoreille, Antoinette, Chevillard.

ANTOINETTE, retenant Chevillard.

Allons, monsieur, mais c'est de la folie !
Calmez, calmez votre injuste fureur !
A la raison revenez, je vous prie,
Et n'allez pas, chez nous, faire un malheur.

CHEVILLARD, se débattant.

Ah ! mon courroux va jusqu'à la folie,
Et j'ai besoin de commettre un malheur.
De cet enfant je veux avoir la vie,
Et l'immoler à ma juste fureur !

CHEVILLARD. *

Oui, sans pitié, je punirai l'injure.

ANTOINETTE.

Mais réfléchissez donc !...

CHEVILLARD.

Non, non, je veux du sang!

CHAUDOREILLE.

Ah ! tiens-le bien ! pour Dieu ! je t'en conjure !
Moi, je cours embrasser et sauver mon enfant!

REPRISE DE L'ENSEMBLE.

(Chaudoreille sort par le fond.)

SCÈNE XIV.

ANTOINETTE, CHEVILLARD. *

CHEVILLARD, tombant dans un fauteuil.
Un enfant! Un petit Chaudoreille !

ANTOINETTE.

Ah! ça, monsieur, qui que vous êtes donc?
Vous bouleversez tout ici...

CHEVILLARD.

Ah ! ma chère Antoinette! si tu savais! Tu te nommes Antoinette?

ANTOINETTE.

Oui, monsieur...

CHEVILLARD.

J'aime assez ce nom là.

ANTOINETTE.

C'est drôle... Il se passe ici des choses...

CHEVILLARD.

Des horreurs, ma fille! Des horreurs, que la plume se refuse à décrire... C'est-à-dire que les *Mystères de Paris* ne sont que des contredanses en comparaison...

ANTOINETTE.

Des horreurs !

CHEVILLARD.

De l'acajou! Des robes de soie... Et un enfant, un petit tortillard, qui sort de nourrice...

ANTOINETTE.

Mais pourquoi? Qu'est-ce que ça vous fait que M. Chaudoreille ait un fils?...

* Chaudoreille, Chevillard, Antoinette.
* Chevillard, Antoinette.

CHEVILLARD.

Mais petite b..... bonne que tu es, ce fils est le mien !

ANTOINETTE.

Le vôtre !

CHEVILLARD.

Il est le mien sans l'être... Il est mon père et je ne suis pas son fils... C'est-à-dire... Je suis son fils et il n'est pas... Ma tête danse le cancan !

ANTOINETTE.

Quel embrouillamini !

CHEVILLARD.

Voici la chose. Je ne suis pas son père, et sa mère est mon épouse.

ANTOINETTE.

Mme Chaudoreille...

CHEVILLARD.

Chaudoreille !... Elle porte son nom ! L'antiquité n'a rien produit d'aussi leste.

ANTOINETTE.

Elle n'est donc pas sa femme !

CHEVILLARD.

Puisqu'elle est la mienne !

ANTOINETTE.

Ils ne sont pas mariés ?

CHEVILLARD.

Tu l'as dit ?

ANTOINETTE.

Là ! je l'avais toujours pensé.

CHEVILLARD.

En voilà du déshonneur !

ANTOINETTE.

Ah ! monsieur... que je vous plains !...

CHEVILLARD.

Plains-moi, Antoinette ! Si tu pouvais même un peu me consoler !   (Il l'embrasse.)

ANTOINETTE.

Eh ben ! ne vous gênez pas !

CHEVILLARD.

J'avais besoin de ça.

ANTOINETTE.

Ah ! la vilaine femme !... Je ne l'aimais déjà guère ; mais à présent... Et puisque vous êtes le mari, le vrai mari, je ne dois rien vous cacher...

CHEVILLARD.

Il y a encore quelque chose ?

ANTOINETTE.

Du courage, monsieur...

CHEVILLARD.

Achève !

ANTOINETTE.

Il y a un petit jeune homme qui fait la cour à madame, en catimini.

CHEVILLARD.

Un aide-de-camp ?

ANTOINETTE.

Non... un journaliste ! M. Léon.

CHEVILLARD.

Léon !... J'aime assez ce nom là !

ANTOINETTE.

Il m'avait priée, ce matin, de remettre un billet à madame.

CHEVILLARD.

Un billet !

ANTOINETTE.

Le voici... ça vous revient.

CHEVILLARD.

Merci ! Léon !... Ça fait deux ! sans me compter... S'il y en a d'autres, dis-le-moi tout de suite.

ANTOINETTE.

Je n'en connais pas...

CHEVILLARD.

Un peu plus, un peu moins...

(Il lit la lettre bas.)

ooooooo ooooooooooooooooooooooooooooooooooooooooooo oo

SCÈNE XV.

LES MÊMES , LÉON. *

LÉON, accourant.

Eh bien ! Antoinette, peut-on la voir ?

ANTOINETTE, bas à Chevillard.

C'est lui !

LÉON.

Lui as-tu remis mon billet ?

ANTOINETTE.

Pas à elle... mais à monsieur...

LÉON.

A M. Chaudoreille ?

ANTOINETTE.

Non... à monsieur que voilà.

LÉON.

Monsieur... Quel est ce monsieur ?

CHEVILLARD.

Approchez, Léon.

LÉON, étonné.

Léon !   (Il passe au milieu.) *

CHEVILLARD , à part.

Au moins celui-ci a le physique de l'emploi.

LÉON.

Monsieur... Ce billet que vous tenez...

CHEVILLARD, l'interrompant.

Est de vous... Je le sais !

LÉON.

Et de quel droit vous êtes-vous permis ?...

CHEVILLARD.

Des droits ?... J'en ai, Léon... J'ai des droits qui ne sont pas superbes... Le premier serait de vous jeter à l'extérieur... n'importe par quelle ouverture...

LÉON.

Ah ! vraiment ?

CHEVILLARD.

Le second, c'est de vous dire : Léon, tu seras

* Chevillard, Antoinette, Léon.
* Chevillard, Léon, Antoinette.

mon vengeur... Je t'institue à cet effet, et je t'en donne le brevet... Ça rime suffisamment !

LÉON.

Je ne saisis pas...

CHEVILLARD.

Léon, tu aimes une femme à qui l'état civil m'avait joint !

LÉON.

Vous ?

ANTOINETTE, bas à Léon.

C'est le mari !

LÉON.

Le mari !

CHEVILLARD.

Cette femme a dénoué tous les liens possibles... Cette femme, je la maudis... je la répudie... Comprends-tu, Léon ?... je la répudie... Aime là... Fais-toi aimer d'elle... ça m'est égal... tu me rendras service...

LÉON.

Et M. Chaudoreille ?...

CHEVILLARD.

Chaudoreille est un intrus.

ANTOINETTE.

Un vieux je ne sais quoi.

LÉON.

Il serait possible !

CHEVILLARD.

S'il veut crier, tu lui répondras : Le mari m'autorise ; et le vieux plus rien ne dira.

LÉON.

Mais cependant...

CHEVILLARD.

Le mari m'autorise, voilà ta réplique... Tu seras mon vengeur !.. Agace-le.... Fais-le maigrir..... Rends-le plus laid qu'il n'en a l'air... Maintenant je puis achever de déjeuner... suis-moi, la bonne.

LÉON.

Mais, monsieur...

CHEVILLARD.

Le mari m'autorise !... voilà ta réplique !

(Antoinette et Chevillard sortent par la droite.)

SCÈNE XVI.

LÉON, puis Mᵐᵉ CHAUDOREILLE.

LÉON.

Il paraît décidément que j'étais un niais. Je poussais des soupirs... Et pour qui ?... Pour Mᵐᵉ Chaudoreille...qui n'est pas Mᵐᵉ Chaudoreille !... Elle a dû bien rire à mes dépens. (On frappe à la première porte à gauche.) On frappe à cette porte !... Quelqu'un est donc enfermé !... (Il va ouvrir.)

Mᵐᵉ CHAUDOREILLE, sortant de la chambre.

Je n'y tenais plus... Il faut que je sache à tout prix... Ah ! c'est vous, monsieur Léon !... *

* Léon, madame Chaudoreille.

LÉON.

Moi-même, ma belle amie !...

Mᵐᵉ CHAUDOREILLE, étonnée.

Ma belle amie !...

LÉON.

Moi, qui vous aime, qui vous adore plus que jamais... Parole d'honneur !

Mᵐᵉ CHAUDOREILLE.

Vous m'aimez !...

LÉON.

Et vous ?... l'absence vous a-t-elle humanisée ? Etes-vous devenue moins farouche ?

Mᵐᵉ CHAUDOREILLE.

Que signifie un pareil ton, monsieur ? Jamais vous ne m'avez parlé comme ça...

LÉON.

Parbleu ! c'est le tort que j'ai eu... En me voyant timide, vous vous êtes crue obligée de faire la chipie...

Mᵐᵉ CHAUDOREILLE.

La chipie !

LÉON.

Ça nous a gênés tous les deux... Car enfin, sans vanité, je vaux bien ce grotesque Chaudoreille !...

Mᵐᵉ CHAUDOREILLE.

Appeler mon mari grotesque !

LÉON.

Oh ! oh ! votre mari !... Je ne donne plus là-dedans. Je sais tout ma chère... Et vrai ! je vous en aime davantage... Vous me plaisez mieux comme ça...

Mᵐᵉ CHAUDOREILLE.

Léon, vous blessez toutes les convenances !

LÉON.

Je ne respecte plus rien.

AIR de la Robe et les Bottes.

Toute feinte doit disparaître,
Les détours seraient superflus.
Maintenant je sais vous connaître

Mᵐᵉ CHAUDOREILLE.

Moi ! je ne vous reconnais plus.

LÉON. *

Vous ne pouvez être cruelle,
A vos genoux je tombe sans regrets,
Espérant qu'avec vous, ma belle,
Je n'en serai pas pour mes frais. (*bis.*)

(Il se met à genoux.)

SCÈNE XVII.

LES MÊMES, CHAUDOREILLE, puis ANTOINETTE.

CHAUDOREILLE, au fond.

Oh ! nouvel incident !

* Madame Chaudoreille, Léon, Chaudoreille.

Mme CHAUDOREILLE.

Dieu ! mon mari !

LÉON, se relevant lentement.

Ah ! ah ! c'est vous !

CHAUDOREILLE.

Monsieur... mon étonnement est d'une profondeur extrême...

Mme CHAUDOREILLE.

Mon ami ! n'allez pas vous imaginer...

CHAUDOREILLE.

Paix ! Eglantine !.. Monsieur, ayez la courtoisie de me dire à quel propos vous vous agenouillez dans les environs de mon épouse?

LÉON.

Qu'est-ce que ça vous fait ?

CHAUDOREILLE.

Plaît-il ?

LÉON.

Je dis... Qu'est-ce que ça vous fait ?

CHAUDOREILLE.

Supposons que ça me fasse quelque chose.

LÉON.

Madame n'est pas votre épouse.

CHAUDOREILLE.

Ceci est neuf.

LÉON.

Vous n'êtes pas plus son mari que moi.

Mme CHAUDOREILLE.

Quelle audace !

LÉON.

Et je vous trouve bien hardi d'élever la voix après un pareil scandale... Séduire la femme d'un autre ; vivre publiquement avec elle !

Mme CHAUDOREILLE.

Mais, mon ami, il m'abreuve d'outrages.

CHAUDOREILLE.

J'entends bien ! j'entends bien !

Mme CHAUDOREILLE.

Et vous ne bougez pas...

CHAUDOREILLE.

Ah ! si j'avais quatre hommes et un caporal !

LÉON.

Une femme enfin que vous avez enlevée à son mari...

CHAUDOREILLE.

A son mari !... Quel mari ? Elle était veuve !

LÉON.

Non, monsieur... Son mari existe... C'est de lui que je tiens ces détails, et madame n'osera pas me démentir.

CHAUDOREILLE.

Oh ciel ! parlez, Eglantine ! *

Mme CHAUDOREILLE.

Je ne me soutiens plus !

CHAUDOREILLE.

Elle ne répond pas...

Mme CHAUDOREILLE.

J'étouffe !

* Madame Chaudoreille, Chaudoreille, Léon

CHAUDOREILLE.

Malheureuse ! tu serais bigame !

ANTOINETTE, qui est entrée.

Bigame !

Mme CHAUDOREILLE.

Ah ! je me meurs !

(Elle tombe dans un fauteuil à gauche.)

CHAUDOREILLE.

Monsieur !... sortez de chez moi !... Antoinette, conduis madame dans son appartement !

Mme CHAUDOREILLE.

Ah ! quelle horrible scène !

CHAUDOREILLE.

J'en ferai une grosse maladie !

ENSEMBLE.

AIR.

CHAUDOREILLE.

Ah ! grand Dieu ! quel sort déplorable !
Sur moi se déchaîne aujourd'hui !
Mon épouse est-elle coupable !
Et quel est cet autre mari !

LÉON.

Voyez quelle audace incroyable !
Non, vous n'êtes pas son mari !
C'est affreux ! c'est épouvantable,
Et par moi vous serez puni !

Mme CHAUDOREILLE.

Grand Dieu ! quelle scène effroyable !
Chacun perd la tête aujourd'hui !
Me soupçonner d'être coupable !
Ah ! peut-on me traiter ainsi !

ANTOINETTE.

Grand Dieu ! quelle scène effroyable !
Chacun perd la tête aujourd'hui,
Quand madame serait coupable,
Peut-on bien la traiter ainsi !

(Mme Chaudoreille, soutenue par Antoinette, rentre dans sa chambre.—Léon sort par le fond.)

SCÈNE XVIII.

CHAUDOREILLE, puis ZÉNOBIE.

CHAUDOREILLE.

Bigame ! un crime dans ma maison ! La cour d'assises... la *Gazette des Tribunaux !*... Quel drame sombre vient se dérouler tout à coup au sein de ma vie bourgeoise ! C'est la foudre qui tombe dans mon assiette... ordinaire.

ZÉNOBIE, entrant.

Ah ! c'est encore vous ! Madame est-elle rentrée? *

CHAUDOREILLE.

Fuyez Zénobie ! Ces lieux sont mauvais pour vous...

ZÉNOBIE.

Vous n'êtes pas galant, ce soir.

* Chaudoreille, Zénobie.

CHAUDOREILLE.

Zénobie ne compliquez pas mes désagrémens !
Il a des soupçons... Il m'a fait une scène agitée !

ZÉNOBIE.

Qui ça ?

CHAUDOREILLE.

Et s'il nous surprenait ensemble !...

ZÉNOBIE.

De qui parlez-vous ?

CHAUDOREILLE.

Vous ne l'avez donc pas vu ?

ZÉNOBIE.

Ah ! que vous m'impatientez !

CHAUDOREILLE.

Et vous ne savez pas qu'il est de retour ?

ZÉNOBIE.

Vous allez recommencer ?

CHAUDOREILLE.

Il est ici !...

ZÉNOBIE.

Mais qui donc ?

CHAUDOREILLE.

Votre mari !...

ZÉNOBIE.

Adolphe !...

CHAUDOREILLE.

Il s'est coulé dans ma robe de chambre...

ZÉNOBIE.

Adolphe chez vous !... Et il n'est pas venu me
voir ! il n'a pas monté !... Et pourquoi ? Mais parlez donc !...

CHAUDOREILLE.

C'est moi qui vous le demande...

CHEVILLARD, entrant.

Ah ! les voilà ensemble !...

○○○

SCÈNE XIX.

Les Mêmes, CHEVILLARD. *

CHAUDOREILLE.

Il n'est plus temps !

ZÉNOBIE, courant à Chevillard.

Adolphe ! mon chéri !...

CHEVILLARD.

Va-t-en !... ne m'approche pas...

ZÉNOBIE.

Tu me repousses ?...

CHEVILLARD.

Arrière, épouse ternie !

ZÉNOBIE.

Ternie !... Qu'est-ce que c'est que ces expres-
sions-là ?

CHEVILLARD.

Voilà donc où tu es tombée ! Qui l'eût cru ?...
Cléopâtre, si connue par son aspic et ses inconsé-

quences ! Cléopâtre était une chanoinesse auprès
de toi !...

ZÉNOBIE.

Adolphe, tu n'es qu'une oie, avec ta Cléopâtre
et ton aspic !... Foi d'honnête femme, je t'ai gardé
la mienne !

CHEVILLARD.

Et lui !... et le fournisseur ?...

CHAUDOREILLE.

Veuillez m'écouter, mon cher monsieur Zénobie...

CHEVILLARD.

Couple infâme ! je vous tiens enfin sous ma
griffe... Je devrais vous anéantir tous les deux,
avec votre enfant ?..

ZÉNOBIE.

Quel enfant ?...

CHEVILLARD.

Le Code m'en donne la faculté !... Mais non....
je t'abandonne à ce marchand d'acajou ! ce sera ta
punition...

ZÉNOBIE.

Adolphe, ou t'a fait des cancans, c'est sûr...
Mais, tiens, je t'en prie, lorgne un peu monsieur,
est-ce qu'on peut aimer ça ?

CHAUDOREILLE, à part.

Quelle est adroite !

CHEVILLARD, à part.

Le fait est que... (A Zénobie.) Et l'autre ?... et
le petit jeune homme ?...

CHAUDOREILLE.

Quel petit jeune homme ?

CHEVILLARD.

Ah ! tu te croyais seul... Tu te disais : Le mari
est absent, je suis tout seul... Mais tu es donc
plus aveugle qu'une clarinette ?... Il y a un petit
jeune homme !... Léon... mon protégé...

CHAUDOREILLE.

Léon !... Léon, que j'ai surpris aux genoux de
ma femme !...

CHEVILLARD.

Tu oses l'appeler ta femme en ma présence !....

(Il lui donne un nouveau coup de poing derrière le dos.)

CHAUDOREILLE.

Mais non ! vous confondez tout... vous m'em-
brouillez !... Mon intelligence est dans un état de
cuisson très inquiétant...   (Il passe à droite.)

ZÉNOBIE.

Adolphe, peux-tu croire que ta Zénobie ?... *

CHEVILLARD.

Femme déchue ! je te plante là immédiate-
ment... Et ne te figure pas que j'aille pleurer
dans un lieu champêtre !... Non, de par Dieu ! je
me suis réservé une poire !... Une femme qui
m'aime, qui m'a aimé très vite !... Elle est là..

---

*   e, Chevillard, Zénobie.

* Chevillard, Zénobie, Chaudoreille.

elle doit être encore là... je l'y ai serré et je vais l'enlever à tes yeux... (Il va ouvrir la première porte à droite.)

ZÉNOBIE.

Une femme!... Ah! mais... un instant!

ooooooooooo oo oooooooooooooo ooooooooooooooooooooooooooo

SCÈNE XX.

LES MÊMES, Mme CHAUDOREILLE. *

CHEVILLARD.

Venez, madame, venez... il est temps de paraître...

Mme CHAUDOREILLE.

Qu'y a-t-il encore?

CHAUDOREILLE.

Ma femme!...

ZÉNOBIE.

Sa femme!...

CHEVILLARD.

Sa femme!... C'est votre mari?

Mme CHAUDOREILLE, bas.

Silence devant lui!...

CHEVILLARD.

Son mari!... Ah! tant mieux... le ciel est juste! Et vous veniez l'espionner!... je comprends... Eh bien! vous le voyez... voilà son acolyte, qui est ma femme!...

Mme CHAUDOREILLE.

Votre femme!...

CHEVILLARD.

Légitime!... C'est ici qu'ils font leur petite potbouille...

Mme CHAUDOREILLE.

Serait-il vrai!...

ZÉNOBIE.

Mais c'est affreux!....

CHEVILLARD.

Ah! oui, c'est affreux!... Venez, madame, laissons-les ensemble! Vengeons-nous par le mépris d'abord, nous verrons après...

Mme CHAUDOREILLE.

Et vous ne répondez pas? Chaudoreille!

CHAUDOREILLE.

Ah? si j'avais quatre hommes et un caporal.

CHEVILLARD.

Tu prends ma femme, je prends la tienne, c'est un troc, l'histoire en offre des exemples!... Adieu Chaudoreille, sans rancune, mon vieux; le troc est accepté.

CHAUDOREILLE.

Vous voulez troquer... Eh bien! soit, cette idée commence à me sourire.

Mme CHAUDOREILLE.

Ingrat! aurais-tu bien le cœur de me quitter?..

ZÉNOBIE.

Adolphe, mon bibi, je me cramponne à toi.

* Madame Chaudoreille, Chevillard Chaudoreille, Zénobie.

CHAUDOREILLE, à sa femme.

Je t'assure que tu seras très heureuse avec ce petit.

ENSEMBLE. *

AIR : J'étouffe de colère. (La Villa.)

LES DEUX MARIS.

Non, tant de perfidie
Mérite un châtiment,
Elle sera punie,
Ici j'en fais serment.
Oui, mon cœur est de pierre,
Va, ne m'approche pas!
Et malgré ta prière,
Je te ferme mes bras.

LES DEUX FEMMES.

Malgré ta perfidie
Je t'aime tendrement,
Reviens à ton amie
Dont tu fais le tourment.
Oui, cède à ma prière,
Reçois-moi dans tes bras,
Si ton cœur est de pierre,
Je n'y survivrai pas.

ooooooooooooooooooooooooooooooooooooooooooooooooooooooooooo

SCÈNE XXI.
LES MÊMES, LÉON, ANTOINETTE.

LÉON.

Ah! les voilà tous!... (à Mme Chaudoreille.) Madame, je me jette à vos pieds!

CHEVILLARD.

Pas celle-là! pas celle-là!... Par ici!...
(Il veut faire passer Léon auprès de Zénobie.)

CHAUDOREILLE.

Je m'y oppose! *

LÉON.

Allez au diable tous les deux!... Madame, pardonnez-moi? J'ai été grossier! j'en suis rouge de confusion, mais c'est la faute de monsieur!... Il m'avait assuré que vous étiez sa femme.

CHEVILLARD.

Moi!

Mme CHAUDOREILLE.

Lui!

LÉON.

Je le croirais encore, sans le père Fichon, le portier, à qui j'ai tout raconté et qui s'est écrié aussitôt : Ah! j'y suis!

CHAUDOREILLE.

Tiens! il n'y est jamais!...

LÉON.

C'est lui qui m'a éclairé.

CHAUDOREILLE.

Tiens! il n'éclaire jamais!

* Antoinette, Zénobie, Chaudoreille, Léon, Chevillard, madame Chaudoreille.

LÉON.

Monsieur demeurait au second, il y a deux ans, quand il est parti, et à son retour...

Mᵐᵉ CHAUDOREILLE.

Ah ! j'y suis !

CHAUDOREILLE.

Ah!... ma femme y est !

CHEVILLARD.

Ah !... je n'y suis pas !

Mᵐᵉ CHAUDOREILLE.

Il s'est trompé d'étage !

ZÉNOBIE.

Tu te croyais chez toi !

CHEVILLARD.

Chez toi !... Où, chez toi ?...

CHAUDOREILLE.

C'est fort original* ! Vous demeuriez au second, vous entrez au second, et vous dites, je suis au second !... C'est fort original !

ZÉNOBIE.

C'est-à-dire, au second autrefois, mais à présent je demeure au troisième.

CHEVILLARD *.

Tu as déménagé?

ZÉNOBIE.

Mais nou ! c'est le boulevart que l'on a baissé !

CHEVILLARD.

Comment ! on baisse le boulevart, et ça te fai remonter !... Quel est ce genre de balançoire ?

CHAUDOREILLE.

C'est pour la commodité des omnibus !

CHEVILLARD.

Mais c'est hideux !... On va faire une course, on revient, on croit rentrer chez soi, et on rentre hez qui ?...

CHAUDOREILLE.

Chez moi, monsieur !

CHEVILLARD.

Chez vous !.. Je suis chez vous depuis ce matin, et vous ne me le disiez pas?

CHAUDOREILLE.

Mais je vous l'ai ressassé, monsieur, je vous l'ai ressassé.

CHEVILLARD.

C'est vrai, il me l'a ressassé !... Ah ! monsieur.. Oh ! madame ! Oh ! Léon ! Ah ! la bonne !... Vous y êtes tous ?... Je vais vous chanter l'*Arabe et son coursier !*...

CHAUDOREILLE.

Un instant, mon cher monsieur Zénobie.

CHEVILLARD.

Vous avez la rage de m'appeler Zénobie... Chevillard, monsieur !... Adolphe Chevillard.

Mᵐᵉ CHAUDOREILLE.

Chevillard ? mon cousin ?

* Antoinette, Chaudoreille, Zénobie, Chevillard, madame Chaudoreille, Léon.
* Antoinette, Chaudoreille, Chevillard, Zénobie, madame Chaudoreille, Léon.

CHEVILLARD.

Ah bah !

Mᵐᵉ CHAUDOREILLE.

Le neveu de ma tante Patureau ?

CHEVILLARD.

Ma tante, elle va bien ?

Mᵐᵉ CHAUDOREILLE.

On n'attendait que vous pour la succession !

CHEVILLARD.

Elle est morte !... J'avais prévu que ça lui arriverait !

Mᵐᵉ CHAUDOREILLE.

Elle vous laisse une quarantaine de mille francs.

CHEVILLARD.

Une quarantaine !... Je vais chanter l'*Arabe et son coursier !*

CHAUDOREILLE.

Un mot s'il vous plaît !... Est-ce que le troc ne ient plus ?

CHEVILLARD, lui donnant un coup de poing.

Polisson !

CHEVILLARD, au public.

AIR de l'Arabe et son Coursier.

L'or des princes n'a pu suffire
Pour m'arracher d'auprès de toi.

CHAUDOREILLE.

Ah ! ça, dites donc !... Qu'est-ce que vous nous chantez ?

CHEVILLARD.

L'*Arabe et son coursier !*

CHAUDOREILLE.

Et c'est avec ça que vous avez séduit Abd-el-Kader?

CHEVILLARD.

Je l'ai mis hors de lui !

CHAUDOREILLE.

Je le crois ! vous mettrez dehors tous ceux qu vous écouteront !... Il me semble que pour finir une pièce, il vaut mieux dire tout simplement :

AIR : De sommeiller, etc.

Messieurs, pour cette œuvre légère,
Daignez vous montrer indulgens,
Et qu'une critique sévère...

CHEVILLARD.

Assez !... assez !... C'est un pont-neuf que vous me chantez-là !... Et c'est bien vieux le Pont-Neuf !..... On veut de la musique aujourd'hui..... de la musique large !... Écoutez-moi ca :

AIR de l'Arabe.

L'or des princes n'a pu suffire
Pour m'arracher d'auprès de toi.

CHAUDOREILLE.

Vous appelez ça de la musique large ?... Je la rouvelongue, voilà tout !... Et puis, les paroles... Qu'est-ce que ça fait au fait au public que l'or des princes n'ait pu suffire...

CHEVILLARD.

Eh bien, et votre œuvre légère !.. Il s'en moque

3

pas mal de votre œuvre légère !... Laissez-moi chanter mon air !

CHAUDOREILLE.

Le mien serait meilleur !

CHEVILLARD.

Avez-vous fini ?

CHAUDOREILLE.

Prenez garde, vous indisposerez le public !

CHEVILLARD.

Mais malheureux, il sera bien plus indisposé si nous le laissons entre deux airs !

CHAUDOREILLE.

Je propose un arrangement !... Chantons tous ensemble un chœur final ni long, ni large !

CHEVILLARD.

Comme vous voudrez !... Messieurs, quand le gros ne sera plus là, je vous chanterai l'*Arabe et et son coursier !*

CHOEUR.

AIR : Filons tous deux en silence. (Jonathas.)

Pour éviter tout ombrage,
Pour le repos du ménage,
Ne nous trompons plus d'étage
Et restons chacun chez nous.

FIN DE LA RUE DE LA LUNE.

Paris. — BOULE et Cᵉ, imprimeurs des Corps militaires, de la Gendarmerie départementale, des Contributions directes et du Cadastre, 3, rue Coq-Héron.